W0282485

Merci à Kim et à Pop pour la suite de cette aventure, toujours aussi enchanteresse. Et un énorme merci à Alicia et à Gaël, mes p'tits furets.

À MARCUS B., À JOANNA S. ET À HUGO V.,
À ÉRIC T. ET AU STUDIO 3265,
À FRANCIS H. ET À LA COMIX JAM,
MERCI DE TOUT ♡ POUR VOTRE ACCUEIL À MONTRÉAL.
KARELLE, MERCI POUR TON AIDE À LA COLORISATION. :)

Un grand merci à Karelle et à Léa pour leur aide et
un tout p'tit merci à Kuri pour sa toute toute p'tite aide.
Merci à Kim, à Mathieu et tout particulièrement
à Gate et à James pour leur précieux soutien.
Et merci à tous ceux et celles qui ont aimé le tome 1.
J'espère que ce tome 2 vous plaira tout autant.
Bonne lecture ! ^.^

Retrouve tout l'univers de tes héroïnes sur www.bullesdefilles.com

www.dargaud.com

© 2008 MINIKIM - MARIOLLE - DARGAUD BENELUX (Dargaud-Lombard s.a.)
PREMIÈRE ÉDITION
Tous droits de traduction, de reproduction et d'adaptation strictement réservés pour tous pays.
Dépôt légal : d/2008/0086/235 • ISBN 978-2-5050-0343-4
Imprimé en France par PPO Graphic - 91120 Palaiseau

À CROIRE QUE J'EN AI PAS EU ASSEZ...

MAIS POURQUOI JE ME METS TOUJOURS DANS CE GENRE DE SITUATIONS ?
JE SAIS QU'ON N'A PAS TOUJOURS ÉTÉ SUPER-POTES, TOI ET MOI...
MAIS RENDS-MOI SERVICE SUR CE COUP...
SONNE...

JE SUIS MAUDITE !
OH TOI, NE VIENS PAS ME FAIRE LA MORALE !
JE SAIS DÉJÀ CE QUE TU VAS ME DIRE...
GRATTE GRATTE
"TU NE DEVRAIS PAS TE PRENDRE LA TÊTE POUR UN GARÇON !"
MAIS J'AI BESOIN DE SAVOIR LA VÉRITÉ.
C'EST PAS JUSTE DAMIANO QUI M'INTÉRESSE.

DONNE-MOI UNE EXPLICATION À TOUS LES MYSTÈRES QUI LES ENTOURENT, LUI ET SA SOEUR...
ANACONDA
... ET JE TE JURE QUE J'ARRÊTERAI D'Y PENSER !

TU COMPRENDS POURQUOI J'AI BESOIN DE LUI PARLER ?
TOUT ÇA, C'ÉTAIT JEUDI SOIR ET JE L'AI PAS VU DEPUIS. CET IDIOT N'EST MÊME PAS VENU EN CLASSE VENDREDI.
ET ME VOILÀ, J'AI SEULEMENT 12 ANS ET JE SAIS DÉJÀ CE QUE C'EST QUE D'ATTENDRE TOUT UN WEEK-END PRÈS DU TÉLÉPHONE.
QUELLE CRUCHE, HEIN ?
POUIIT'
EH BEN, C'EST...
RIDICULE!!!...
JE DEVRAIS PAS ÊTRE ICI À ATTENDRE ! CE CRÉTIN DE DAMIANO AURAIT DÛ M'AVOUER LA VÉRITÉ QUAND JE L'AI CUISINÉ À L'ASILE !

BRRRR BRRRRRRRR BRRRRR
TOUT VA BIEN, NOLA ?
OUI, OUI, BIEN SÛR.
JE PRÉPARE JUSTE UN ENCHANTEMENT VAUDOU POUR QU'IL Y AIT PAS ÉCOLE DEMAIN.
LEÇON N°1, NE JAMAIS PARLER DE SES HISTOIRES À SA MÈRE. SURTOUT SI ELLE EST DANS UN TRIP "JE REDEVIENS UNE ADO".
BRRR
BRrrrrrr
CLIC !
COMME CHAQUE DIMANCHE !!!
PAF !
ALORS JE TE LAISSE.
ON SE VOIT DEMAIN MATIN AU PETIT-DÉJEUNER.

IL POURRAIT AU MOINS RÉPONDRE À MON MESSAGE OU ME RAPPELER.
TANT PIS, JE VAIS PRENDRE UNE PETITE MOUSSE, ÇA ME DÉTENDRA !

RAAAAH... Y A PAS À DIRE, C'EST VRAIMENT LE MEILLEUR MOYEN DE FUIR LES PROBLÈMES.
FROTTE FROTTE
HOP!
IMMERSION !
PLOUF!!

BIDI BIDI
APPEL
GLOU GLOU GLOU
APPEL
BIDIiiii BIDI BIDIiiii
GLOU?

GO!GO!GO!
BIDIiiii
BiDiiii!
ZZZ
BIDiiii
MAAAOOW!
BiDiiii!

AALLÔô !
BONSOIR, TA MAMAN EST LÀ ?
...?
NON...
ELLE EST SORTIE ...

CLIC
JE SUIS MAUDITE...

MiniKim • Mariolle

alta donna

2. Furets et fureteuse

Couleurs : Pop

DARGAUD
BENELUX

KiiKooU!
LOL
MDR!
LÈVE-TOI LIMACE!
DEBOOU......
SI JE TENAIS CELUI QUI A INVENTÉ LES LUNDIS MATIN ...
GNNiii?
ET LE PIRE, C'EST QUE C'EST LE JOUR OÙ MA MÈRE EST LA PLUS GUILLERETTE.

GRAT' GRAT'
IL VA ME FALLOIR UNE SECONDE POUR ME PRÉPARER À ÇA.
B'JOUR M'MAN...
CHO-KAKAO
MAMAN ?

CHO-CHOKOLA
M'MAN ?

ELLE EST QUAND MÊME PAS DÉJÀ PARTIE ?
GNIIII?
CHO-KAKAO
CHO-KAKA
Décoction spéciale de maman !

CLAC !
BONJOUR, MON SOLEIL !
B'JOUR.
JE RÉPONDAIS À UN COUP DE FIL D'UN CLIENT DEHORS POUR NE PAS TE RÉVEILLER.
J'AI CRU QUE TU AVAIS DÉJÀ FILÉ AU BAGNE.
ET JE TE L'AI DÉJÀ DIT...
... MON TRAVAIL N'EST PAS LE BAGNE.
JE L'ADORE.
VU LE TEMPS QUE TU Y PASSES, J'ESPÈRE BIEN...

À MOINS QUE CETTE AGRESSIVITÉ ENVERS MON TRAVAIL MASQUE UN REPROCHE ?
LEÇON N°2, NE JAMAIS RENTRER DANS LE JEU D'UNE MAMAN QUI CHERCHE DES MESSAGES CACHÉS DANS TOUT CE QUE VOUS DITES.
PAS DU TOUT.
TU ADORES TON TRAVAIL ET J'ADORE QUE TU ADORES TON TRAVAIL.
PARFAIT !
JE TE RAPPELLE D'AILLEURS QUE TU AS PROMIS DE VENIR À LA SOIRÉE QUE J'ORGANISE POUR NOTRE NOUVEAU CLIENT DEMAIN SOIR.
ET PEU IMPORTE SI TU AS ÉCOLE LE LENDEMAIN.
ÇA ME FAIT TELLEMENT PLAISIR QUE TU Y ASSISTES !
ET PUIS, CE SERA L'OCCASION DE TE FAIRE BELLE !
UNE VRAIE SOIRÉE DE JEUNE FEMME !
TCHIN TCHIN
J'AI HÂTE !

AU FAIT, TU N'AS PAS BESOIN QUE JE T'EMMÈNE À L'ÉCOLE ?
NON.
JE SUIS PRESQUE À L'HEURE.
HEUREUSEMENT QUE, DES FOIS, ON COMMENCE LES COURS APRÈS LE LEVER DU SOLEIL...
ET PUIS, JE FERAI DU STOP SOUS LA NEIGE SI MA BATMOBILE TOMBE EN PANNE.
PARFAIT, À CE SOIR !
CHO-KAKAO

CLAC !
C'EST MOI OU ELLE FAIT DE MOINS EN MOINS ATTENTION À CE QUE JE DIS ?

IL VA QUAND MÊME PAS FALLOIR QUE JE RÉPONDE NORMALEMENT À TOUTES SES QUESTIONS POUR QU'ELLE M'ÉCOUTE ?

ON NE POURRA PAS ÉVITER NOLA TOUT LE TEMPS. IL FAUDRA BIEN ALLER LA VOIR ET LUI PARLER.

ET POUR LUI DIRE QUOI ?
TOUTE LA VÉRITÉ ?
JE SAIS, ON PEUT PAS LUI RÉVÉLER ÇA.

POURTANT, ON A DÉJÀ ENFREINT UN SACRÉ PAQUET DE LOIS.
JE L'AVAIS POURTANT DIT, QUE C'ÉTAIT DANGEREUX DE SE LIER.
C'EST TOI QUI L'AS EMMENÉE FAIRE DU SHOPPING, AU DÉPART !!

AH OUI, C'EST VRAI.
TANT PIS !
JE TE LAISSE TE DÉBROUILLER AVEC ÇA. J'AI PAS ENVIE QU'ON ME VOIE TRAÎNER AVEC UN P'TIT.

ALLEZ, ÇA VA PAS ÊTRE SI TERRIBLE, IL SUFFIT DE NE PAS L'ATTAQUER DE FRONT.
SURTOUT NE PAS LUI SAUTER DESSUS. NE PAS AVOIR L'AIR DÉSESPÉRÉE. IL FAUT QUE JE LUI LAISSE UNE CHANCE DE VENIR M'EN PARLER LE PREMIER.
APRÈS TOUT, J'AI RIEN FAIT DE MAL. JE LUI AI MÊME SAUVÉ LA VIE.
ET ENSUITE, S'IL LE FAIT PAS, JE LUI FRACASSE LA TÊTE ET JE LUI DEMANDE DES COMPTES. C'EST DÉJÀ LA DEUXIÈME CHANCE QUE JE LUI LAISSE DE TOUT M'AVOUER.

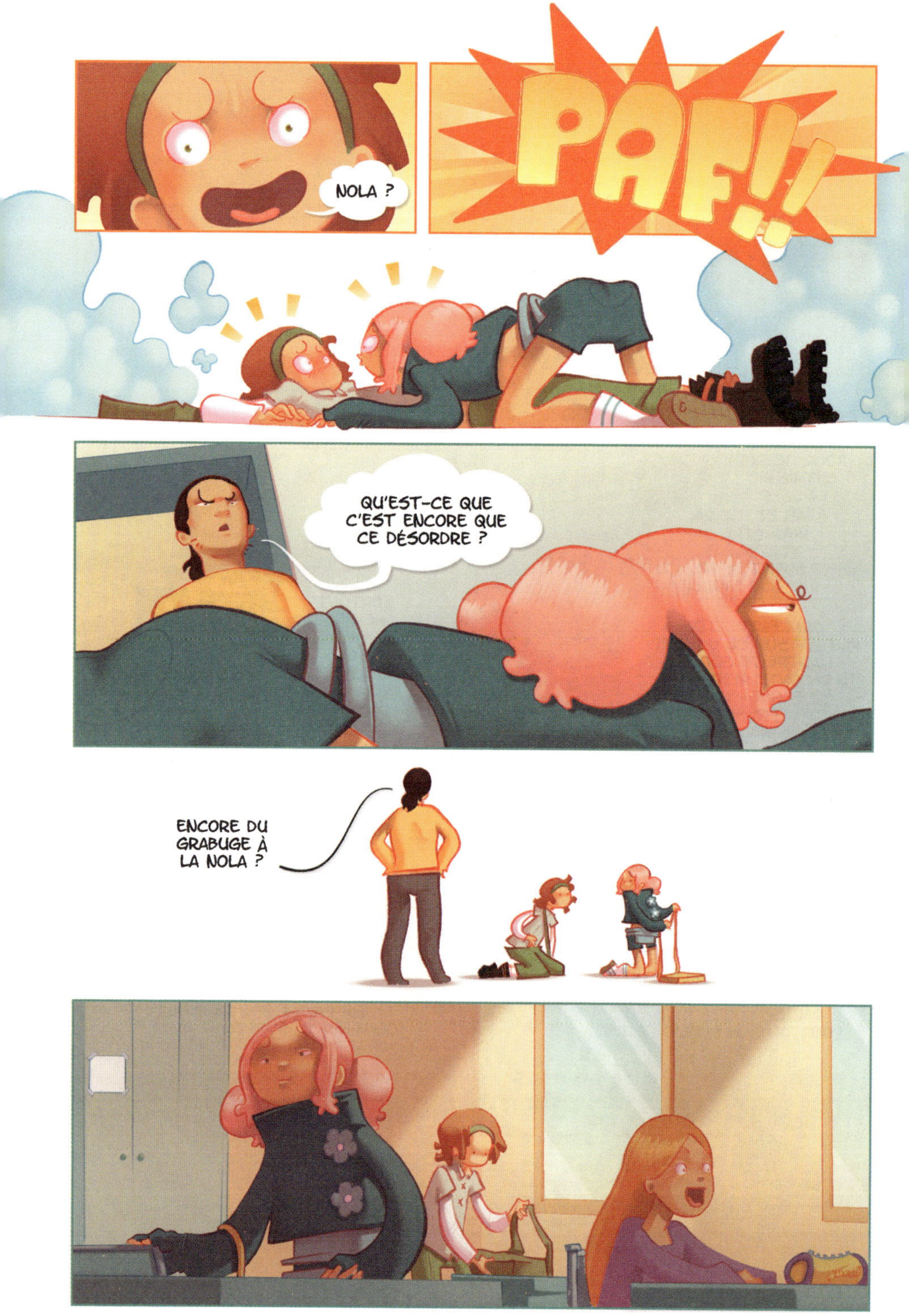
NOLA ?
PAF!!
QU'EST-CE QUE C'EST ENCORE QUE CE DÉSORDRE ?
ENCORE DU GRABUGE À LA NOLA ?

BON, ON VA REPRENDRE OÙ ON EN ÉTAIT RESTÉS.
BON, JE CROIS QUE C'EST RÂPÉ POUR CE QUI EST DE LE LAISSER VENIR ME PARLER ...
PRENEZ VOS LIVRES.
CONCENTRE-TOI PLUTÔT SUR CE QUE DIT L'AUTRE PINGOUIN. IL RACONTE PEUT-ÊTRE QUELQUE CHOSE D'INTÉRESSANT POUR UNE FOIS...
EN NOUS DÉCRIVANT TOUTE SA FAMILLE DEPUIS DES SIÈCLES, QU'EST-CE QUE L'AUTEUR ESSAYE DE NOUS FAIRE COMPRENDRE ?
OOWARD's rule #28
Écoute ton prof !
JE VAIS VOUS LE DIRE : IL VEUT NOUS FAIRE PARTAGER SA MÉLANCOLIE.
POURQUOI J'ARRIVE JAMAIS À ME LAISSER CAPTIVER PAR CE COURS ? JE SUIS POURTANT UN PUBLIC FACILE...
ET QUI SAIT POURQUOI IL SE SENT TRISTE ?
COMME QUAND GRAND-PÈRE ME RACONTAIT SES SUPER-HISTOIRES. OU L'AUTRE FOIS DANS CE BOUQUIN QUI PAYAIT PAS DE MINE. COMMENT IL S'APPELAIT DÉJÀ ?

NON, ARRÊTE ÇA TOUT DE SUITE !
RESTE CONCENTRÉE POUR UNE FOIS !
TOUT LE MONDE A BIEN COMPRIS LE DEVOIR À RENDRE ?
ALORS JE VOUS LIBÈRE.
OOWARD's rule #29
Joue avec modération ! (ou pas)
HEIN ?
C'EST DÉJÀ FINI ?
OH NON, J'AI ENCORE PASSÉ L'HEURE À RÊVASSER ET À GRIBOUILLER ?
DRRIIING
09:00

... DAMIANO...
HOP HOP HOP
WOW
JE T'AI MANQUÉ À CE POINT ?

C'EST POURTANT PAS LA PEINE DE ME SAUTER DESSUS.
SALUT, PUMP!
TU ME CONNAIS, JE RATE JAMAIS UNE OCCASION D'EN FAIRE TROP.
ALORS TON WEEK-END ?
ABANDON PARENTAL ET CRISE DE CROISSANCE ... PAS DE QUOI SAUTER AU PLAFOND.
J'ARRÊTE PAS DE TE LE DIRE, TU AURAIS DÛ M'ÉCOUTER ET VENIR AVEC MOI.
ON S'EST FAIT UN RAID-PHOTOS DANS LA VIEILLE VILLE.
C'ÉTAIT GÉANT !
SÛREMENT.
MAIS JE SUIS PAS HYPER-FAN DU CÔTÉ...
... "CLUB PHOTO".

CE SERAIT PLUTÔT LE CÔTÉ "ON FAIT DE LA PHOTO ENSEMBLE PARCE QU'ON S'INTÉRESSE À AUCUN AUTRE CLUB" ...
ON REFAIT UN RAID DANS LA SEMAINE. JE TE DIRAI QUAND ET T'AURAS QU'À VENIR. ÇA SERA VRAIMENT FUN !
EN PARLANT DE FUN ...
... TU TE SOUVIENS TOUJOURS PAS DE LA SOIRÉE DE JEUDI ? À LA FÊTE FORAINE ?
EUH...
JE TE L'AI DÉJÀ DIT...
J'AI PAS OUBLIÉ QU'ON A PASSÉ UNE SUPER-SOIRÉE...
... ENFIN...
... JUSQU'À CE QUE TU M'ABANDONNES APRÈS LE GRAND HUIT...
JE T'AI PAS ABANDONNÉE.
IL S'EST PASSÉ UN TRUC SUR CE MANÈGE.
UN TRUC PAS NORMAL.
ON NOUS A ATTAQUÉS ET JE SUIS TOMBÉE.
NOLA, C'EST PAS LA PEINE ENTRE NOUS.
JE SAIS QUE C'EST TON TRUC D'EMBROUILLER LES GENS AVEC TES HISTOIRES FARFELUES.
MAIS AVEC MOI, T'EN AS PAS BESOIN.
JE SUIS TON AMIE, TU PEUX ME PARLER SINCÈREMENT.
J'INVENTE PAS D'HISTOIRES.
ÇA S'EST VRAIMENT PASSÉ !
ET JE COMPRENDS PAS POURQUOI TU T'EN SOUVIENS PAS.
VISIBLEMENT, TU AS BESOIN DE TE CRÉER UNE HISTOIRE AVEC CE DAMIANO.
TANT MIEUX POUR TOI.

PUMP'...
IL FAUT QUE J'AILLE À MON COURS.
ON SE VOIT TOUT À L'HEURE ET ON PARLE D'AUTRE CHOSE ?
C'EST PAS POSSIBLE, COMMENT ELLE A PU OUBLIER CE QUI S'EST PASSÉ ?
JE L'AI QUAND MÊME PAS RÊVÉ ?
LEARN WITH MARJA
IT'S EASY
IT'S FREE
IT'S SATRAPI

PUMPKIN ÉTAIT BIEN ASSISE JUSTE À CÔTÉ DE MOI QUAND JE SUIS TOMBÉE DU GRAND HUIT.
AU FAIT, VOUS VOUS DEMANDEZ À QUOI JE PENSAIS À CE MOMENT-LÀ ?
À RIEN, BIZARREMENT, JE ME SENTAIS LÉGÈRE.
COMME SI JE SAVAIS QUE JE RISQUAIS RIEN, QU'ON ALLAIT ME SAUVER.
PUMPKIN ÉTAIT LÀ.
NOLAAAAA
ELLE A TOUT VU.
POURQUOI EST-CE QU'ELLE NE S'EN RAPPELLE PAS ?
NOLA !

NOLA !
OUI, MADEMOISELLE !
C'EST L'HEURE DE TON EXPOSÉ.
TON PUBLIC T'ATTEND !
MON EXPOSÉ ?
OUI, TON EXPOSÉ SUR LA BIOLOGIE COMPLÈTE D'UN ANIMAL ET SUR SES DIFFÉRENTES FONCTIONS VITALES.

NE ME DIS PAS QUE TU AS OUBLIÉ ?
TU AVAIS TOUT LE WEEK-END POUR LE PRÉPARER.
J'ESPÈRE QUE TU Y AS CONSACRÉ ASSEZ DE TEMPS.
BIEN ENTENDU !!

NOLA...
PAS D'ANIMAL LOUFOQUE OU IMAGINAIRE COMME LA DERNIÈRE FOIS...
LEÇON N°3, NE JAMAIS PANIQUER À L'IDÉE DE FAIRE UN EXPOSÉ QU'ON A OUBLIÉ DE PRÉPARER.

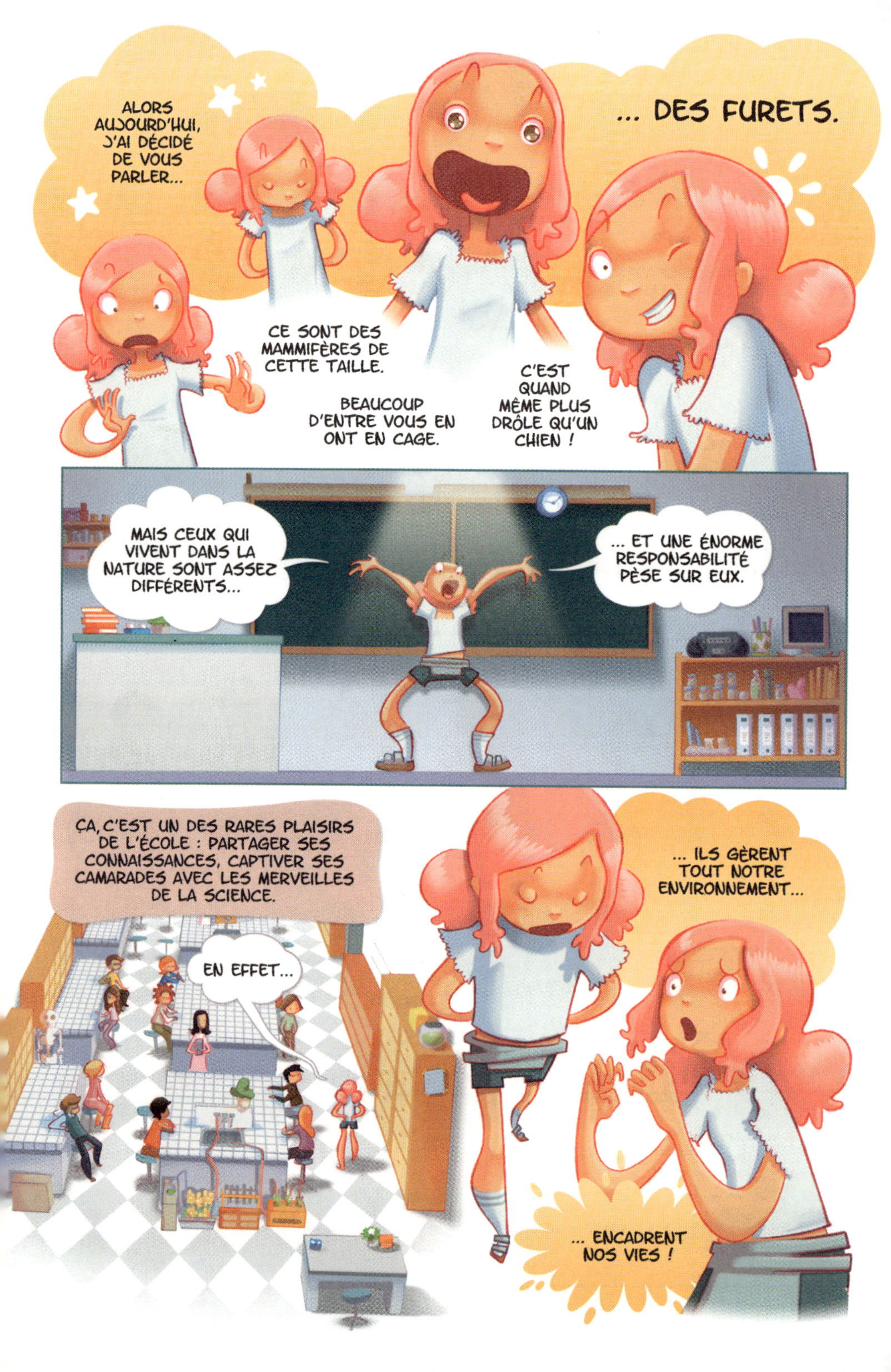
ALORS AUJOURD'HUI, J'AI DÉCIDÉ DE VOUS PARLER...
... DES FURETS.
CE SONT DES MAMMIFÈRES DE CETTE TAILLE.
BEAUCOUP D'ENTRE VOUS EN ONT EN CAGE.
C'EST QUAND MÊME PLUS DRÔLE QU'UN CHIEN !
MAIS CEUX QUI VIVENT DANS LA NATURE SONT ASSEZ DIFFÉRENTS...
... ET UNE ÉNORME RESPONSABILITÉ PÈSE SUR EUX.
ÇA, C'EST UN DES RARES PLAISIRS DE L'ÉCOLE : PARTAGER SES CONNAISSANCES, CAPTIVER SES CAMARADES AVEC LES MERVEILLES DE LA SCIENCE.
EN EFFET...
... ILS GÈRENT TOUT NOTRE ENVIRONNEMENT...
... ENCADRENT NOS VIES !

NOLA...
JE T'AVAIS PRÉVENUE QUE JE VOULAIS UN VÉRITABLE EXPOSÉ DE SCIENCES, CETTE FOIS-CI !
PAS UNE DE TES ÉLUCUBRATIONS HABITUELLES...
MAIS C'EST LA VÉRITÉ !
ENFIN, ÇA POURRAIT L'ÊTRE.
À UNE ÉPOQUE, TOUT LE MONDE CROYAIT BIEN QUE LA TERRE ÉTAIT PLATE !
OUI, MAIS CE QUE TU RACONTES N'A AUCUN SENS ...
... UNE FOIS DE PLUS...
TU PASSERAS ME VOIR APRÈS LE COURS.
ÇA POURRAIT ÊTRE VRAI... ET ÇA SERAIT TELLEMENT PLUS MARRANT COMME ÇA...

LUNE ?
CHANGÉE JEUDI DERNIER !
PARFAIT, ALORS NOUS SOMMES TRANQUILLES POUR 25 NUITÉES.
ÉTOILES ?
ON LES A TOUTES RAMASSÉES À L'AUBE SANS SOUCI.

ON A CRU AVOIR PERDU CASSIOPÉE, MAIS EN FAIT, ON S'ÉTAIT TROMPÉS EN LES COMPTANT.
PARFAIT ! QU'EST-CE QU'IL NOUS RESTE ? AH OUI, L'EAU DU PORT ?
C'EST EN COURS !

ALLEZ, ON S'ACTIVE !
APRÈS LE WEEK-END, L'EAU EST TOUJOURS CRADO !
PSSHH

PSSHIIIT !
À L'AIDE ! À MOI ! JE ME NOIE !
TU NE TE NOIES PAS, IMBÉCILE !
VIENS PLUTÔT M'AIDER, SINON TOUTE L'EAU DU PORT VA S'ÉCOULER DANS NOS SOUTERRAINS !

ON A GAGNÉ QUELQUES INSTANTS DE RÉPIT.
MERCI.
IL FAUT VITE DÉVIER LES CONDUITS POUR DÉSENGORGER CE CANAL.
VENEZ VOIR, Y A UN TRUC PAS NORMAL, LÀ !
C'EST CE TRUC QUI EST À L'ORIGINE DE LA FUITE ?
QU'EST-CE QUE C'EST ???
UN PRODUIT POLLUANT ?
DE LA VERMINE ??
JE N'EN SAIS RIEN, MAIS QUELQUE CHOSE NE TOURNE PAS ROND... D'UN CÔTÉ OU DE L'AUTRE DE CE MONDE...
IL FAUT VITE DÉCOUVRIR CE QUI SE TRAME, SINON ON NE POURRA PLUS RIEN CONTRÔLER DANS CETTE VILLE.

MAIS NON, M'MAN...
J'AI PAS OUBLIÉ CETTE SOIRÉE...
COMMENT JE POURRAIS L'OUBLIER, TU M'EN PARLES DEPUIS DES JOURS !
ALORS, OUI, JE TE LE PROMETS, JE SERAI LÀ POUR TON GALA DE...
DANS...
EUH...
TA SOIRÉE IMPORTANTE DE BOULOT.

ÇA NON PLUS, J'AI PAS OUBLIÉ ...
IL FAUT QUE JE ME FASSE BELLE.
BEN, J'IRAI APRÈS LES COURS AUJOURD'HUI, ON FINIT TÔT.
POURQUOI TU PRÉFÈRES QU'UNE COPINE VIENNE AVEC MOI POUR CHOISIR MA TENUE ? T'AS PAS CONFIANCE EN MES GOÛTS ?
CLIC!
SI TU VEUX, JE PEUX Y ALLER AVEC PUMPKIN, JE SUIS SÛRE QUE TU SERAS RAVIE DES FRINGUES CRYPTO-GOTHIQUES QU'ELLE ME TROUVERA !
NON MÉ OH!

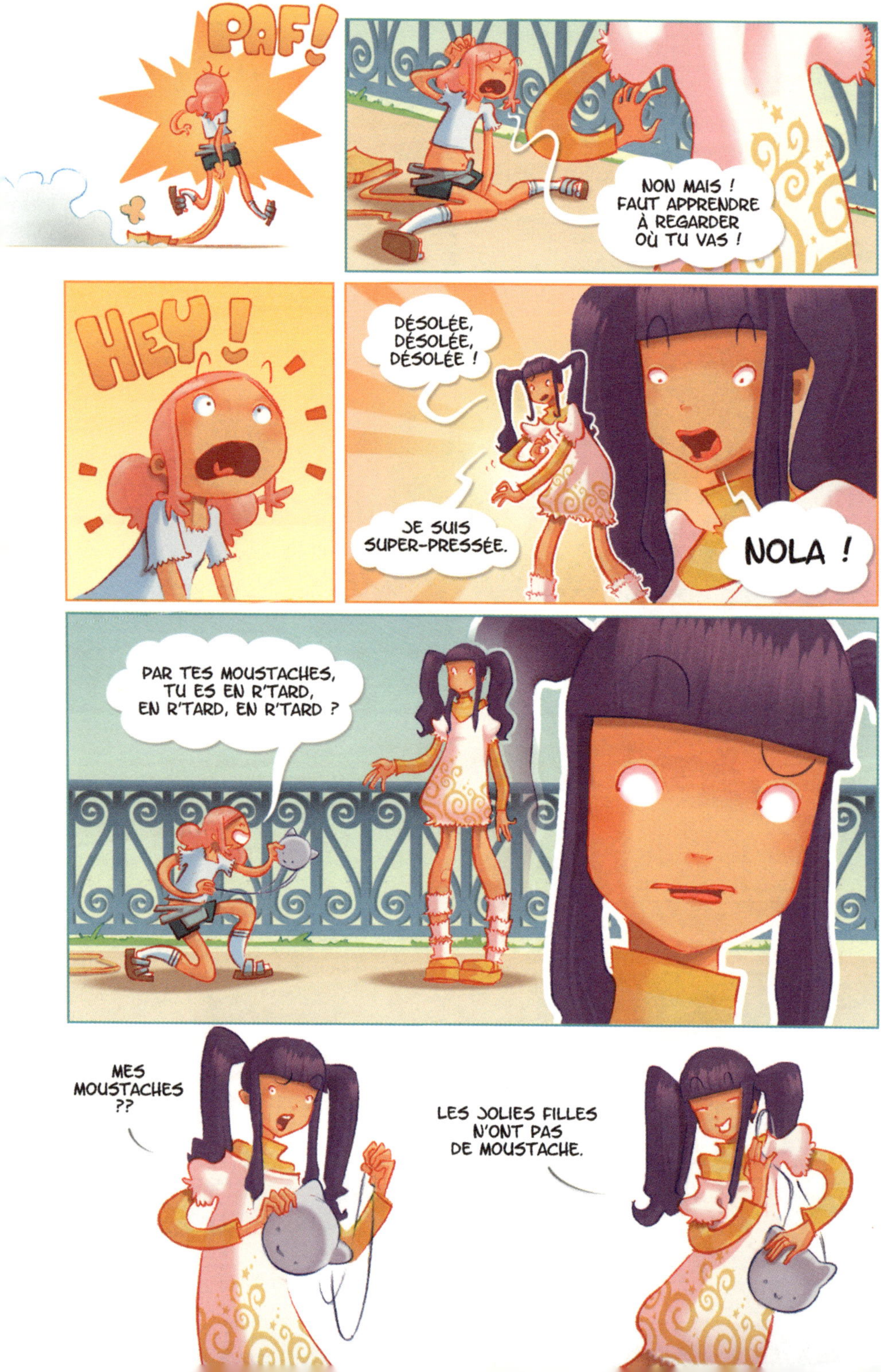
PAF!
NON MAIS ! FAUT APPRENDRE À REGARDER OÙ TU VAS !
HEY !
DÉSOLÉE, DÉSOLÉE, DÉSOLÉE !
JE SUIS SUPER-PRESSÉE.
NOLA !
PAR TES MOUSTACHES, TU ES EN R'TARD, EN R'TARD, EN R'TARD ?
MES MOUSTACHES ??
LES JOLIES FILLES N'ONT PAS DE MOUSTACHE.

C'EST UNE CITATION D'ALICE...
... AU PAYS DES MERVEILLES.
LE LAPIN TOUJOURS EN RETARD.
C'EST UN CONTE SUPER-CONNU...
AH... O.K...
À PART ÇA...
ÇA FAISAIT SUPER-LONGTEMPS QUE JE T'AVAIS PAS VUE !
TAP!!
DEPUIS JEUDI SOIR, À LA FÊTE FORAINE.

BEN OUI, NORMAL, ON S'EST FAIT UN WEEK-END DE TROIS JOURS GÉNIAL, DAMIANO ET MOI.
ON A BIEN BULLÉ SUR UN VOILIER.
C'ÉTAIT GÉANT, J'AVAIS JAMAIS NAVIGUÉ AVANT.
ET CET IDIOT DE DAMIANO A FAILLI ÊTRE MALADE À FORCE DE SE GOINFRER DE POISSON.
MOI, J'AI PLUTÔT CRAQUÉ POUR UN BON GROS HOMARD.
MAIS C'ÉTAIT GÉNIAL DE DÉCOUVRIR L'OCÉAN, DE SE LAISSER EMBARQUER COMME ÇA.
C'EST ÇA, LES CITADINS QUI DÉBARQUENT !

JE NE VIVAIS PAS DANS UNE GRANDE VILLE AVANT.
AH ? JE CROYAIS.
VOUS VIVIEZ OÙ, DAMIANO ET TOI ?
SALUT !
ON S'ÉTAIT PAS DIT QU'ON IRAIT SE BALADER SUR LA JETÉE ?
J'AI UN COIN SUPER À TE MONTRER.
IMPOSSIBLE, RAGAZZO.
TOI ET MOI, ON N'A JAMAIS ÉCHANGÉ PLUS DE TROIS SYLLABES, T'AS PAS ASSEZ DE NEURONES POUR LES ASSIMILER.
EUH...
DE QUOI TU TE MÊLES, MINUS ?
POURQUOI J'AURAIS ENVIE DE TRAÎNER AVEC UNE BIZARROÏDE COMME TOI ?

ON Y VA, INES ?
JE CROYAIS QUE TU ÉTAIS SUPER-SUPER-PRESSÉE ?
NOOOON, J'AI JAMAIS DIT ÇA.
JE TE SUIS, RAGAZZO.
OH NOLA !
TU DEVRAIS PAS TE MOQUER DE CE PAUVRE LAPIN. IL EST SUPER-EMBÊTÉ D'ÊTRE TOUJOURS EN RETARD.

C'EST PAS BON, ÇA.
JE LE SENS PAS DU TOUT, CE PETIT AIR DE ROMANCE ENTRE EUX.
C'EST PAS POSSIBLE, COMMENT ELLE PEUT TROUVER DU CHARME À CE GROS BALOURD ?
C'EST UN TRUC QUE JE COMPRENDRAI JAMAIS CHEZ LES FILLES. POURQUOI ELLES SONT PERSUADÉES QUE CHEZ LES GROSSES BRUTES, Y A UN COEUR SENSIBLE QUI BAT ?
ELLE EST TROP SUPERFICIELLE POUR PENSER ÇA, ELLE LE TROUVE JUSTE MIGNON ET DANGEREUX.
T'AS MIS LE DOIGT DESSUS : DERRIÈRE SES TROIS ABDOS ET SON AIR DE MINET QUI RACKETTE LES P'TITS DE MATERNELLE, Y A QUE DU VIDE.
ÇA TOMBE BIEN, MA SOEUR AIME LE VIDE.
DAMIANO ?
NOLA ?

EUH... J'AVAIS PAS VU QUE C'ÉTAIT TOI.
MOI NON PLUS. INES AVEC RAGAZZO, C'ÉTAIT UNE VISION ATROCE, ÇA M'A ÉBLOUIE PENDANT UN MOMENT. JE CROYAIS QUE TU ÉTAIS PUMPKIN.
TU TROUVES QUE JE RESSEMBLE À UNE ADOLESCENTE ?
AVEC CETTE COUPE DE CHEVEUX ... OUI.
UH.UH.UH...
EUH...
IL FAUT QUE JE RETOURNE MANGER.
BIEN SÛR, RETOURNE MANGER...

TU NE ME CROIS PAS ?
SI, JE ME DOUTE QUE TU DOIS ALLER MANGER.
TU ES HUMAIN, NON ?
MAIS DEPUIS JEUDI SOIR, TU M'ÉVITES.
JE NE T'ÉVITE PAS.
SI. TU VAS FAIRE DE LA VOILE AU LIEU DE VENIR AUX COURS, TU NE VIENS PLUS ME PARLER, TU NE RÉPONDS PAS À MES MESSAGES.
C'EST PAS UNE LÉGENDE, LES FILLES VEULENT TOUJOURS PARLER... MAIS POURQUOI ?
PARCE QU'ON A BESOIN DE COMPRENDRE !

JE...
J'AI PAS LE DROIT DE T'EN PARLER.
TU SAIS QUE JE SAIS QUE TOI ET TA SOEUR, VOUS ÊTES PAS NORMAUX, J'AI VU TROP DE CHOSES BIZARRES EN TRAÎNANT AVEC VOUS.
C'EST LA DEUXIÈME FOIS QUE JE TE DEMANDE D'ÊTRE HONNÊTE AVEC MOI. ET C'EST LA DEUXIÈME FOIS QUE TU REFUSES.
C'EST LA DERNIÈRE ...
SI TU PEUX PAS ME PARLER, ÇA SERT À RIEN ...

MARRE DES GARÇONS... QUOI QUE JE FASSE, JE ME RETROUVE AU MÊME POINT AVEC LUI...
IL M'A TRANSFORMÉE EN MA MÈRE...
... UNE ADO STUPIDE...

VOUS L'AVEZ COMPRIS, L'ÉCOLE, C'EST LA PIRE TORTURE DE MA VIE.

PAS DE RÉPIT...

... AUCUNE PITIÉ.

C'EST LE ROYAUME DES ENNUIS ET DES IDÉES BAS DE PLAFOND.

QUE CE SOIT CLAIR ENTRE NOUS, AU FOND, J'AI RIEN CONTRE LES COURS, J'ADORE APPRENDRE DE NOUVELLES CHOSES.

C'EST JUSTE LA FAÇON DONT ON NOUS APPREND TOUT ÇA.
ÇA MANQUE CRUELLEMENT DE...
... FANTAISIE.
QUAND J'AURAI LE TEMPS ET LA TÊTE À ÇA, JE VOUS RACONTERAI COMMENT MON PROF D'HISTOIRE NOUS APPREND LES HISTOIRES DE GUERRE.
ET JE VOUS EXPLIQUERAI COMMENT JE FERAIS MIEUX QUE LUI.

MAIS POUR LE MOMENT, IL FAUT QUE J'AILLE M'ACHETER UNE TENUE DE JEUNE FEMME FATALE POUR ME FONDRE DANS LE MONDE PARFAIT DU TRAVAIL DE MA MÈRE.
C'EST MOI, OU IL SE MET À PLEUVOIR DÈS QUE JE ME PRENDS LA TÊTE POUR DAMIANO ?
ROTOTO
dijik
Kuba Kups
Free Hugs
POINT
FLEA

MAIS FAUT QUE J'ARRÊTE, J'AVAIS POURTANT DIT QUE C'ÉTAIT FINI, LES JÉRÉMIADES À PROPOS DE CE MOLLUSQUE INCAPABLE DE PARLER !
BON, PAR OÙ JE VAIS BIEN POUVOIR COMMENCER ?
PRENEZ UNE PAUSE!!
Des Lunettes SupaStylées
PINKY POWAA
INVESTISSEZ!!
Profitez des avantages de la loi Minimariopop
AltaDonna
COLO YOU LIFE
Nendo
OBJECTIF N°1 : TROUVER UN COIN POUR ME SÉCHER. SINON ON VA CROIRE QUE JE SUIS PASSÉE DANS UN TSUNAMI...

BRRRR
SÈCHE COMME LE DÉSERT.
NICKEL !
EN ROUTE !
ILS OSENT VENDRE ÇA ?
MÊME PAS EN RÊVE !
MAIS ILS SAVENT EN QUELLE DÉCENNIE ON VIT ?

OUH ! TOI, MA P'TITE, TU AS MAL COMPRIS MON CONSEIL...
C'EST FUN D'ACHETER N'IMPORTE QUOI, SAUF QUAND C'EST UN TRUC QUE TU SOUHAITES PORTER !
IL FAUDRAIT QUE JE PERDE UN SUPER-GROS PARI POUR METTRE ÇA.
CETTE FOIS-CI, C'EST TOI QUI M'AS SUIVIE ?
NON, JE T'AI VUE ENTRER, J'ÉTAIS CURIEUSE DE SAVOIR COMMENT UNE FILLE NORMALE ACHETAIT DES VÊTEMENTS.
UNE FILLE NORMALE, MOI ?
C'EST VRAI QUE SEULE UNE FILLE PAS DU TOUT NORMALE PEUT TROUVER DU CHARME À RAGAZZO.
SI TU VEUX QUE LA REINE DU SHOPPING T'AIDE À TE SAPER, ÇA DOIT RESTER UN SUJET TABOU...

ALORS QU'EST-CE QU'ON CHERCHE ?
UN CADEAU POUR TA MÈRE POUR FAIRE PASSER LA PILULE DE TON CARNET DE NOTES ?
UNE TENUE SPÉCIALE SUPER-CRAQUANTE POUR FAIRE FONDRE UN GARÇON ?
IL ME FAUT UNE TENUE POUR UNE SOIRÉE SELECT QUE MA MÈRE ORGANISE POUR SON BOULOT SI PRÉCIEUX...
TROP FACILE !
CETTE FILLE EST FOLLE ...
ALORS ? JE SUIS DOUÉE OU JE SUIS DOUÉE ?
WOW, C'EST CLASSE.
T'AS PLUS QU'À L'ESSAYER, MÊME SI JE SAIS DÉJÀ QUE C'EST PARFAITEMENT TA TAILLE.
JE N'AVAIS BESOIN QUE DE TOI ! IL NE MANQUE PLUS QUE LA MUSIQUE DE "PRETTY WOMAN".
ÇA PEUT S'ARRANGER, ÇA.
POUR LE BIEN DE MES OREILLES, NON.
ET ÇA RISQUERAIT ENCORE DE ME FAIRE ME POSER UN TAS DE QUESTIONS SUR TOI ET TON FRÈRE.
ET VISIBLEMENT, IL EST PAS TRÈS DOUÉ POUR Y RÉPONDRE.
MOI NON PLUS. ET TU CONNAIS LA RÈGLE ENTRE NOUS : TU PÉNÈTRES EN TERRITOIRE TABOU ET JE DISPARAIS.

JE CROYAIS QUE C'ÉTAIT RAGAZZO, LE SUJET TABOU ?
ÇA AUSSI, ÇA L'EST.
MINCE... ELLE EST DOUÉE, LA FRANGINE...
ON VA DÉVALISER QUELLE BOUTIQUE APRÈS ?
JE NE PEUX PAS RESTER, ON M'ATTEND POUR DÎNER.
DOMMAGE. JE TE LAISSE ALORS.
ATTENDS, TU NE VEUX PAS SAVOIR SI ELLE ME VA ?
JE LE SAIS DÉJÀ. BYE.
ENCORE DE LA PLUIE...
VISIBLEMENT, JE SUIS PAS PRÈS D'ARRÊTER DE ME TOURMENTER À CAUSE DE DAMIANO...

TOUS LES JOURS, À ALTA DONNA, C'EST LA MÊME HISTOIRE : LE JOUR SE LÈVE, LA VILLE SE RÉVEILLE BÉATEMENT.
UNE HORDE DE ZOMBIES MAL RÉVEILLÉS QUITTENT LEUR LIT.
MAIS ON N'A PAS LE CHOIX...
ENFIN, D'ALLER À L'ÉCOLE OU NON... POUR LE RESTE, ÇA RESTE À DÉCOUVRIR.

QUANT À MOI...
... J'AVAIS L'IMPRESSION D'AVOIR SURVÉCU À LA JOURNÉE LA PLUS LONGUE DE MA VIE.
REMARQUEZ, MÊME SI ON LA PASSE EN ACCÉLÉRÉ, UNE JOURNÉE DE COURS DURE QUAND MÊME UNE JOURNÉE...

SURTOUT QUAND ON A LA TÊTE AILLEURS...
C'ÉTAIT QUAND MÊME PLUS SIMPLE QUAND ON ÉTAIT PETITS.
PAS DE NON-DITS, DE VÉRITÉS À TAIRE, DE QUESTIONS QUI DEVIENNENT SI PESANTES QU'ON N'OSE PAS LES POSER.
SI QUELQU'UN VOUS PLAISAIT, IL SUFFISAIT DE L'IGNORER OU D'ALLER LUI METTRE UN COUP.
NOLA
ALLEZ, TOUT LE MONDE DEHORS, PROFITEZ BIEN DE VOTRE SOIRÉE ET À DEMAIN !

TIENS, IL PLEUT PAS AUJOURD'HUI.
POURTANT, ÇA VA PAS MIEUX AVEC DAMIANO...
NOOOLAAAAAA !
PARDON ?
ON SE CONNAÎT ??
C'EST À TOI QUE JE PARLE, P'TITE FILLE.
NE ME FAIS PAS LE COUP DE L'AMNÉSIQUE QUI A OUBLIÉ SES MÉDOCS ET AMÈNE-TOI !
GNIIII?
MARRANT ÇA, LE COUP DE L'AMNÉSIE.
MERCI, ON EN A PLEIN D'AUTRES. DES PLUS DINGUES MÊME.
TU DEVRAIS NOUS VOIR QUAND ON VA FAIRE DU SHOPPING EN JOUANT LES TOURISTES ÉTRANGÈRES.

PUISQUE TU TROUVES TOUJOURS DES EXCUSES BIDON POUR NE PAS VENIR À NOS RAIDS-PHOTOS, JE T'AI AMENÉ LE MEILLEUR DE NOTRE GROUPE.
J'TE PRÉSENTE KILLIAN.

TOI AUSSI, TU FAIS PARTIE DES DÉSERTEURS QUI QUITTENT LE COLLÈGE EN JUIN ?
NON, JE SUIS EN 4e.
IL EST JEUNE, IL EST ENCORE TOUT GENTIL ! NYARK NYARK !
ALORS, COMME ÇA, TU AS CHOISI UN APPRENTI ENCORE MALLÉABLE ?
TU AVAIS RAISON ...
ELLE EST MARRANTE ...
AVOUE, TU ES EN TRAIN DE LE TRANSFORMER EN PARFAIT SUBSTITUT POUR MOINS ME MANQUER L'ANNÉE PROCHAINE.
... ET UN PEU BARGE !!!

AU FAIT, MA MÈRE ORGANISE UNE SOIRÉE POUR SON BOULOT, CE SOIR.
UN TRUC ÉLÉGANT ET CLASSE.
TOUT À FAIT MON GENRE.
ÇA VOUS DIRAIT D'ÊTRE MES INVITÉS ?
OUI, BON, JE SAIS.
COMME ÇA, ÇA A PAS L'AIR SUPER-FUN.
MAIS C'EST POUR FAIRE PLAISIR À MA MÈRE ET J'AI VRAIMENT BESOIN DE SOUTIEN.
JE VOUS EN SUPPLIE...
ALLEZ, PUMP'... T'AURAS QU'À TE DIRE QU'ON SQUATTE LA VIEILLE ÉPAVE...
... ET QUE TU TE DÉGUISES EN JEUNE FILLE D'UN AUTRE SIÈCLE !
C'EST VRAI QUE J'AI ACHETÉ CETTE SUPER-ROBE AUX PUCES ET QUE J'AI JAMAIS PU LA METTRE...
OUI !
ON SE LA JOUE FEU DE CAMP SUR LA PLAGE !

TOUT LE MONDE QUI DISCUTE SOUS LA LUNE ...
TOUT SIMPLEMENT ...
PAS DE BUFFET RIDICULE AVEC DES SERVEURS SUPER-COINCÉS...
REMARQUE, C'EST MA MÈRE QUI ORGANISE. ON N'AURA SÛREMENT RIEN DE TOUT ÇA.
ÇA VA, ON TE FAIT PAS PEUR ??
TU PRÉFÈRES PAS ALLER TRAÎNER AVEC DES FILLES PLUS NORMALES ET PLUS POPULAIRES ?
NON, SURTOUT PAS. Y A DÉJÀ TROP DE FILLES SUPERFICIELLES DANS CE COLLÈGE.
J'EN AI MARRE D'ENTENDRE PARLER DE CHANTEURS CANON ET DE FRINGUES POUR ADULTES EN VERSION MINIATURE.
ARGH ! JE PRÉFÉRERAIS ÊTRE MORTE PLUTÔT QUE D'ÊTRE POPULAIRE !

UNE VIEILLE ÉPAVE OÙ TOUS LES INVITÉS DOIVENT LAISSER UN SOUVENIR.
VIVACIA
LE BRUIT DE LA MER ET DE LA NUIT QUI SE MARIE AVEC LES CONVERSATIONS...
TOI AUSSI, ÇA TE DIT, CETTE PETITE SOIRÉE ?
TANT QUE LA MUSIQUE EST PAS INÉCOUTABLE ET QUE TU M'OBLIGES PAS À PORTER UNE TENUE À LA MODE.
ÇA A L'AIR MARRANT.

T'INQUIÈTE PAS POUR ÇA.
IL FAUT QUE J'AILLE ME PRÉPARER. ON SE VOIT CE SOIR, ALORS !

FINALEMENT, LA VIE APPORTE DES RETOURNEMENTS BIEN SURPRENANTS.
BIEN IMPRÉVISIBLES.
BIEN TOUT COURT.

TU ES PRÊTE, NOLA ?
OUI, M'MAN.
IL ME FAUT JUSTE UNE SECONDE POUR M'HABITUER À CETTE TENUE.

IL FAUT BIEN AVOUER UNE CHOSE : INES A L'OEIL POUR TROUVER DES VÊTEMENTS QUI VONT.
C'EST BON, ON PEUT Y ALLER.
RESTE À SAVOIR SI JE VAIS AVEC CETTE ROBE...
TU ES SUPERBE COMME ÇA, NOLA ! REMERCIE TON AMIE DE T'AVOIR AIDÉE, ELLE EST TRÈS DOUÉE.
OUI, UNE VRAIE MAGICIENNE...

POUR UNE FOIS, ESSAYEZ DE NE PAS VOUS CACHER DANS VOTRE COIN. PROFITEZ DE LA SOIRÉE !
J'ESPÈRE QUE PUMPKIN EST DÉJÀ LÀ... ET QU'ELLE N'EST PAS ENCORE PARTIE EN COURANT...

WOOOW
WOOOW

C'EST...
C'EST TOI QUI AS ORGANISÉ ÇA ?
OUI.
ÇA TE PLAÎT ?
TU M'ÉTONNES. ON SE CROIRAIT AU PARADIS !
JE DOIS TE LAISSER UNE SECONDE, LE TEMPS DE FAIRE LE TOUR DES CLIENTS.
TU NE T'ÉLOIGNES PAS TROP ?
J'AI QUELQU'UN À TE PRÉSENTER.

QU'EST-CE QUE JE DISAIS DÉJÀ ? FINALEMENT, LA VIE APPORTE DES RETOURNEMENTS BIEN SURPRENANTS.
TOI NON PLUS, TU N'EN CROIS PAS TES YEUX, AVOUE !
AB-SO-LU-MENT !
ÇA RESSEMBLE PAS DU TOUT À CE DONT ON RÊVAIT...
MAIS TANT MIEUX !
POUR LE MOMENT, ON VA SE CONTENTER DE CES GARS-LÀ.
ILS SONT EXCELLENTS !
NE M'EN PARLE PAS. DEPUIS QU'ILS ONT COMMENCÉ À JOUER, KILLIAN M'A LAISSÉ TOMBER.

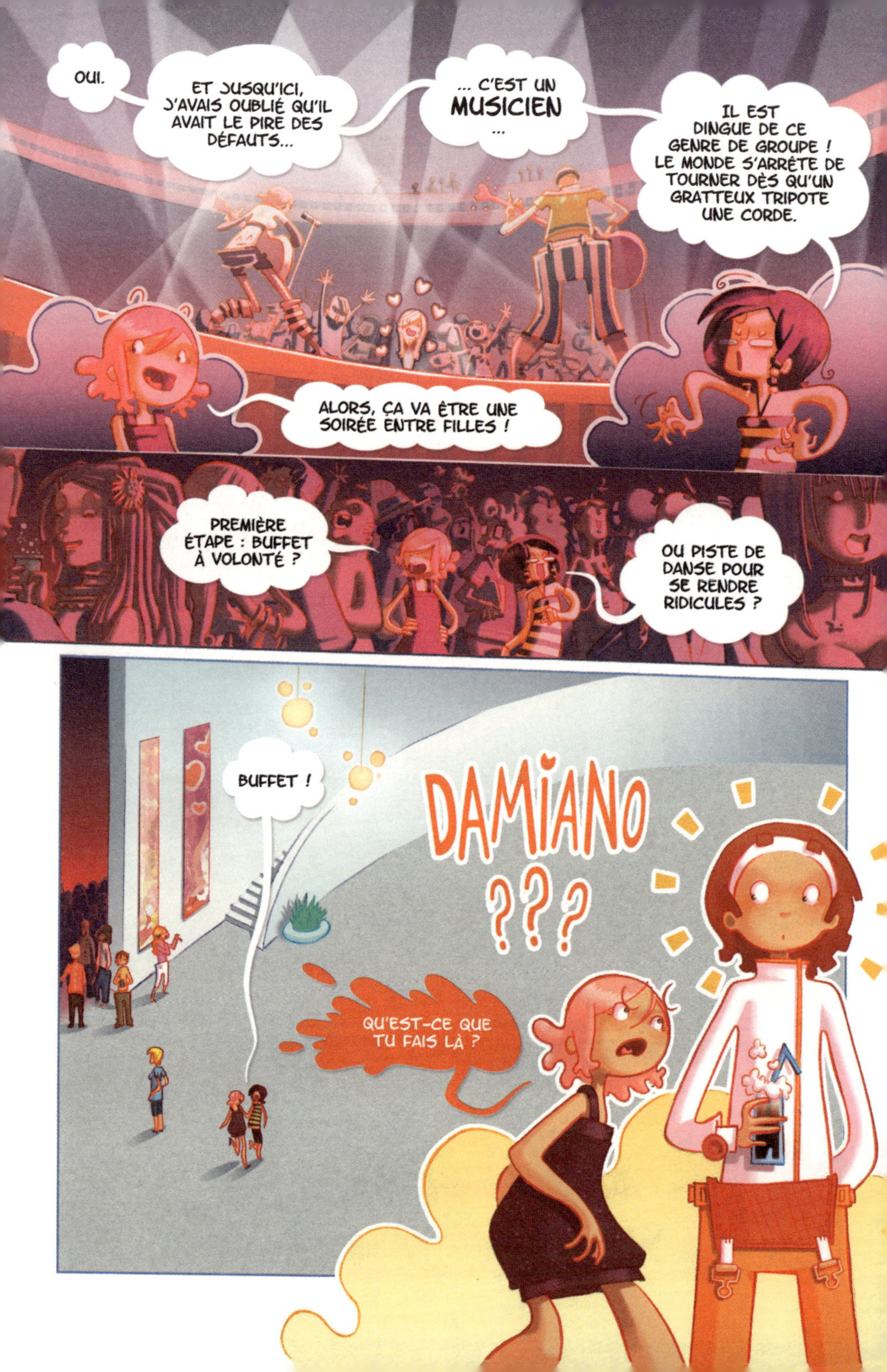
OUI.
ET JUSQU'ICI, J'AVAIS OUBLIÉ QU'IL AVAIT LE PIRE DES DÉFAUTS...
... C'EST UN MUSICIEN ...
IL EST DINGUE DE CE GENRE DE GROUPE ! LE MONDE S'ARRÊTE DE TOURNER DÈS QU'UN GRATTEUX TRIPOTE UNE CORDE.
ALORS, ÇA VA ÊTRE UNE SOIRÉE ENTRE FILLES !
PREMIÈRE ÉTAPE : BUFFET À VOLONTÉ ?
OU PISTE DE DANSE POUR SE RENDRE RIDICULES ?
BUFFET !
DAMIANO ???
QU'EST-CE QUE TU FAIS LÀ ?

IL EST AVEC MOI !
J'AI FAIT DES PHOTOS COMME MODÈLE POUR UNE DES MARQUES POUR QUI LA SOIRÉE EST ORGANISÉE.
Y A PAS À DIRE...
TU ES SOMPTUEUSE COMME ÇA, MA PETITE !
... JE FAIS DES MIRACLES.
VOUS ALLIEZ DANSER ?
NON, ON PENSAIT COMMENCER PAR UNE VISITE DU BUFFET. ON SE VERRA APRÈS...
NOLA, FAUT QUE JE TE PARLE.
C'EST VRAI, CETTE HISTOIRE DE PHOTOS ?
JE NE SAIS PAS. JE PRÉFÈRE PAS LE SAVOIR.

ÉCOUTE, NOLA, IL FAUT QU'ON DISCUTE DE TOUT CE...
PAS CE SOIR, J'AI PLUS LA PATIENCE DE T'ÉCOUTER...
TU AS GÂCHÉ TROP D'OCCASIONS.
ALLEZ, DAMIANO, INSISTE !
DIS-LE-MOI MALGRÉ TOUT !
TU LE SAIS, QUE JE MEURS D'ENVIE DE CONNAÎTRE LA VÉRITÉ.
MAIS LÀ, J'AI AUSSI BESOIN QUE TU MEURES D'ENVIE DE ME LA DIRE.
POURQUOI LES FILLES SONT AUSSI COMPLIQUÉES ?
J'EN SAIS RIEN, DEMANDE À UNE FILLE.

PAPA...
... TU M'AS FAIT PEUR.
C'EST SYMPA QUE MAMAN T'AIT INVITÉ, ELLE ME L'AVAIT PAS DIT.
ALORS, TU ES VENU POUR ASSISTER À SON TRIOMPHE...
... OU POUR LA SURVEILLER ?
NI L'UN NI L'AUTRE.
TU AS L'AIR EN COLÈRE, TOI, PAR CONTRE...
C'EST RIEN...
... UN PROBLÈME DE BIOLOGIE DES MOLLUSQUES.

WOW !
VOUS AVEZ RATÉ UN SET GÉNIAL.
ILS SONT VRAIMENT EXCELLENTS !
T'INQUIÈTE, D'ICI, ON LES ENTEND TRÈS BIEN.
NON.
SI TU NE LES VOIS PAS EN ACTION, TU PASSES À CÔTÉ DE TOUT.
AU FAIT, OÙ EST NOLA ?
JE L'AI PAS ENCORE VUE.
TU L'AS PAS VUE ?
OH !
TU VAS A-DO-RER.
ELLE A UNE TENUE VRAIMENT GÉNIALE !
ET POURTANT, TU SAIS QUE J'AIME PAS LES FRINGUES !
OÙ ELLE EST PASSÉE, D'AILLEURS ?

LA VOILÀ !
AVEC SON PÈRE !
C'EST SON PÈRE ?
INES !
JE CROIS QU'ON A UN SOUCI.
UN VRAI SOUCI QUI VAUT LA PEINE QUE JE M'ARRÊTE DE M'AMUSER...
... OU JUSTE UNE PEINE DE COEUR ?
UN VRAI.

ALORS, QU'EST-CE QUE JE DISAIS ?
ÇA NE VALAIT PAS LE COUP DE SORTIR PRENDRE L'AIR ?
SI.
CENT FOIS OUI.
ÉCARTE-TOI D'ELLE, SALE MONSTRE !

TU M'AS ENTENDU.
LÂCHE-LA !
NON, MAIS ÇA VA PAS ?
ENFIN TU TE MONTRES !
JE SAVAIS QUE TU ATTRAPERAIS CETTE FAIBLESSE DE VOULOIR JOUER AU HÉROS ET DE PROTÉGER CEUX QUI TE SONT CHERS.
PAPA...
TU PEUX M'EXPLIQUER CE QUI SE PASSE ?

MAINTENANT, DAMIANO, SI TU NE VEUX PAS QU'IL LUI ARRIVE UN REGRETTABLE ACCIDENT...
QU'EST-CE QUE TU FAIS, PAPA ?
... TU VAS ACCEPTER DE ME SUIVRE DOCILEMENT.
ET CE SERA PAREIL POUR LA REINE DE BEAUTÉ.
PAPA, C'EST PAS DRÔLE !
ÇA ME FAIT PAS RIRE DU TOUT !
VOUS ACCEPTEZ DE RETOURNER AVEC MOI D'OÙ VOUS VENEZ, ET DES DEUX CÔTÉS, TOUT LE MONDE SERA SAIN ET SAUF.
PAPA, JE T'EN SUPPLIE !!!!
TRÈS BIEN, ON SE REND.
NE LUI FAIS SURTOUT PAS DE MAL.

SAGE DÉCISION...
MAIS FAITES ATTENTION, PAS D'ENTOURLOUPE OU JE LUI RÈGLE SON COMPTE.
NOLA...
NOLA...
NOLA !!!
JE RETIRE CE QUE J'AI PU DIRE. À CE MOMENT-LÀ, ON NE PENSE PAS À RIEN, ON NE SE SENT PAS LÉGÈRE...
IL N'Y A QUE LA PEUR QUI VOUS VRILLE L'ESTOMAC.
PAF

QU'EST-CE QUI VIENT DE SE PASSER ?
J'AI PAS PU VIVRE CE DONT JE ME SOUVIENS...
CE N'EST PAS POSSIBLE.

IL FAUT QUE JE SACHE.
IL FAUT QUE JE DÉCOUVRE QUE C'EST PAS POSSIBLE...

ALLEZ !!! OÙ TU TE CACHES ?

IMPOSSIBLE DE RENTRER CHEZ MOI...
J'AI TROP BESOIN DE DÉCOUVRIR LE FIN MOT DE CETTE HISTOIRE.
TE VOILÀ !
QU'EST-CE QUE TU FAIS LÀ, GAMINE ?
MWAHAAAAHA
MOUAAHAH
AHAH AHA

HAHAHAHA !!!
ON EST PASSÉS TE CHERCHER, ON SE DOUTAIT QUE TU VIENDRAIS ICI.
C'ÉTAIT BIEN DEVINÉ...
J'AI TOUJOURS DIT QU'IL Y AVAIT UN LIEN ENTRE VOTRE PRÉSENCE À ALTA DONNA ET L'AGRESSION DU BIBLIOTHÉCAIRE. IL FALLAIT QUE J'EN AIE LE COEUR NET.
EUH, NON... ON S'EST JUSTE DIT QUE LES BIBLIOTHÈQUES ÉTAIENT DES CACHETTES HABITUELLES DANS LES HISTOIRES...
C'EST BIEN CONNU, LES HUMAINS N'Y VONT JAMAIS.
C'EST LA SEULE PISTE QUE J'AVAIS LAISSÉE DE CÔTÉ DANS CETTE ENQUÊTE RIDICULE.
MAINTENANT, J'AURAIS PRÉFÉRÉ NE JAMAIS VOUS AVOIR RENCONTRÉS.

NE DIS PAS ÇA...
TU DEVAIS BIEN...
NON, JE NE DEVAIS RIEN DU TOUT. JE NE DEVAIS PAS VOIR MON PÈRE COMME ÇA.
JE N'AURAIS JAMAIS DÛ AVOIR À ME DEMANDER POURQUOI IL EST DEVENU FOU.
NOLA...
CE N'ÉTAIT PAS TON PÈRE QUI...
DAMIANO, NON !
PEU IMPORTE LES CIRCONSTANCES, TU NE PEUX PAS LE LUI DIRE !
JE T'AVAIS DIT QUE SI JE VENAIS AVEC TOI, C'ÉTAIT POUR L'AIDER À RENTRER CHEZ ELLE SAINE ET SAUVE, PAS POUR TOUT LUI RÉVÉLER.
LA SEULE FAÇON DE L'AIDER, C'EST DE LE LUI DIRE.
ME DIRE QUOI À LA FIN ???

CE N'EST PAS TON PÈRE QUI T'A TENDU UN PIÈGE ET QUI S'EST SERVI DE TOI CE SOIR.
TON PÈRE EST CHEZ LUI, IL N'A AUCUNE IDÉE DE CE QUI VIENT DE SE PASSER.
TA MÈRE NE L'AVAIT PROBABLEMENT MÊME PAS INVITÉ À CETTE SOIRÉE. C'EST NORMAL, TOUS LES PARENTS DIVORCÉS AGIRAIENT AINSI.
QU'EST-CE QUE TU ESSAIES DE ME DIRE ?
TON AGRESSEUR DE CE SOIR EST UNE CRÉATURE QUI NOUS RECHERCHE.
IL A LE POUVOIR DE PRENDRE L'APPARENCE DE QUI IL VEUT.

ÇA PARAÎT DINGUE COMME EXPLICATION. MAIS LÀ D'OÙ NOUS VENONS, C'EST ASSEZ COMMUN.
D'OÙ EST-CE QUE VOUS VENEZ ?
DU MONDE DES CONTES.
UN MONDE OÙ SONT MATÉRIALISÉS TOUS LES DÉCORS ET PERSONNAGES ISSUS DE VOS CONTES ET LÉGENDES.
UN MONDE OÙ LA MAGIE EST PERMISE, OÙ LES HÉROS SONT AUSSI VÉNÉRÉS QUE LES MÉCHANTS.

VOUS VENEZ D'UN...
... MONDE DE CONTES ?
IL EXISTE ?
UN MONDE DE HÉROS ET DE MAGIE ?
DIS COMME ÇA, ÇA A L'AIR SUPER-FUN.
MAIS CROIS-MOI, C'ÉTAIT VRAIMENT SANS INTÉRÊT.
ET PAS SI FÉERIQUE QUE ÇA ...
D'AILLEURS, C'EST VRAIMENT SURPRENANT QUE VOUS PRENIEZ LA PEINE DE RACONTER LES FAITS ET GESTES DE NOTRE MONDE SUPER-ENNUYEUX DANS VOS LIVRES...
C'EST POUR ÇA QU'ON S'EST ENFUIS ET QU'ON EST VENUS ICI.
QUAND TROP DE QUESTIONS SE BOUSCULENT DANS VOTRE TÊTE, AUCUNE N'ARRIVE À SORTIR CORRECTEMENT.

JE LE SAVAIS.
JE LE SAVAIS, QUE VOUS ÉTIEZ DIFFÉRENTS.
À PART.
ET J'AVAIS PAS PENSÉ À CETTE EXPLICATION...
PAS TROP DÉÇUE ?
OU INTIMIDÉE ?
NON...
RASSURÉE...
MON PÈRE VA BIEN...
ET TOI, TU ES UN... PERSONNAGE DE CONTE...
PAR CONTRE, Y A UN TRUC QUE JE COMPRENDS PAS...
QUAND ON A LA CHANCE DE VIVRE DANS UN MONDE DE CONTE DE FÉES, POURQUOI VENIR S'ENFERMER À ALTA DONNA ET ALLER À L'ÉCOLE ?

ON NE PEUT PAS TROUVER SON MONDE D'ORIGINE FASCINANT QUAND ON NE CONNAÎT QUE CELUI-LÀ.
SURTOUT QUAND ON EST UN PERSONNAGE SANS INTÉRÊT.
DANS CE CAS-LÀ, PEU IMPORTE LA BEAUTÉ DU DÉCOR QUAND ON EN FAIT PARTIE...
CROIS-MOI, ON NE VIVAIT PAS DES VIES REMPLIES D'AVENTURES.
C'EST ICI LA GRANDE AVENTURE. NOTRE QUOTIDIEN ICI.
C'EST POUR ÇA QU'ON EST VENUS À ALTA DONNA.
SOUS L'APPARENCE D'UN FRÈRE ET D'UNE SOEUR...
VOUS N'ÊTES PAS VRAIMENT FRÈRE ET SOEUR ?

TIENS...
FAIS-TOI TA PROPRE IDÉE.
C'EST...
C'EST VOUS DEUX SUR CE DESSIN ?
OUI.
ENFIN, NON...
PAS AU PREMIER PLAN.

JE SUIS LÀ.
ET VOICI INES.
TU ES UN CHAT ?!!
ET ELLE, C'EST UNE FLEUR ?
OUI.
Y A PAS À DIRE...
... ÇA VOUS VA BIEN...

QUAND TROP DE QUESTIONS SE BOUSCULENT DANS VOTRE TÊTE, AUCUNE N'ARRIVE À SORTIR CORRECTEMENT.
ET QUAND TROP DE QUESTIONS TROUVENT FINALEMENT UNE RÉPONSE, AUCUN SENTIMENT NE SORT CLAIREMENT...
À PART LE SOULAGEMENT...
... DE POUVOIR ENCORE AVOIR CONFIANCE EN MON PÈRE, DE POUVOIR CROIRE DAMIANO.
MINOU MINOU

W.C.

JE VAIS RENTRER, IL FAUT QUAND MÊME QUE JE ME CHANGE AVANT D'ALLER AUX COURS.
C'EST UN JOUR D'ÉCOLE ?
J'AVAIS LÉGÈREMENT ZAPPÉ CE DÉTAIL...
OOOHHH...
TU M'ÉTONNES, ON VA PAS ÊTRE FRAIS...
C'EST INES QUI A TROUVÉ LE BON PLAN : OUBLIER DE VENIR ET MANIPULER LES SOUVENIRS DE SES PROFS...
JE VAIS ENCORE ÊTRE DÉCALQUÉE AUX COURS...
ELLE PEUT FAIRE ÇA ?
C'EST GÉNIAL !!!
NON, JE PLAISANTAIS.
C'EST PAS DU TOUT UNE BONNE IDÉE...
ELLE PREND LE RISQUE DE NOUS FAIRE REPÉRER À CHAQUE FOIS QU'ELLE SÈCHE LES COURS...

ATTENDS UNE SECONDE...
C'EST POUR ÇA QUE PUMPKIN NE SE SOUVENAIT PAS DE CE QUI S'ÉTAIT PASSÉ À LA FÊTE FORAINE.
INES A FAIT QUELQUE CHOSE JUSTE APRÈS MA CHUTE.
OUI.
ELLE PEUT DIFFUSER UN EFFLUVE QUI ENSORCÈLE ET HYPNOTISE TEMPORAIREMENT CEUX QUI LE RESPIRENT.
INES EST UNE FLEUR...
LOGIQUE...
ET ELLE EST TOXIQUE ...
LOGIQUE, ÇA AUSSI ...

ET MOI QUI EN VOULAIS PRESQUE À PUMPKIN DE NE PAS SE SOUVENIR DE MA CHUTE...
AU FAIT, TA MÈRE NE VA PAS S'INQUIÉTER QUE TU NE SOIS PAS RENTRÉE DE LA NUIT ?
NON, ELLE M'AVAIT PRÉVENUE QU'ELLE DEVRAIT RESTER JUSQU'À LA FIN DE LA SOIRÉE.
C'EST NORMAL, C'EST ELLE QUI L'ORGANISAIT...
EN PLUS, ELLE M'AVAIT DIT QU'ELLE IRAIT AU TRAVAIL DIRECTEMENT APRÈS, DONC Y A AUCUN RISQUE POUR QU'ELLE AIT REMARQUÉ MON ABSENCE.
C'EST UN TRUC HABITUEL ENTRE NOUS !
TANT MIEUX ALORS.

ET DES FOIS, MÊME UNE BAVARDE À L'IMAGINATION DÉBORDANTE COMME MOI...
... NE TROUVE PAS LES MOTS POUR LE DIRE.
MERCI...
... DE M'AVOIR TOUT DIT.
C'ÉTAIT... EUH...
IL FAUT QUE J'Y AILLE !

ON SE VOIT TOUT À L'HEURE EN CLASSE.

TOUT EST CALME.
PAS DE PROBLÈME EN VUE.
ET JE VAIS ENFIN POUVOIR REPRENDRE UNE APPARENCE HUMAINE !

PARFAIT, NOLA DORT ENCORE.
C'EST À CETTE HEURE-CI QUE TU RENTRES ??
TU M'AS FAIT PEUR...
ON DIRAIT TA GRAND-MÈRE TOUT CRACHÉ !
REMARQUE, TU L'IMITES VRAIMENT BIEN.
MÉMÉ

JE CROYAIS QUE TU ALLAIS DIRECTEMENT AU TRAVAIL CE MATIN ?
ON N'A PAS EU LE TEMPS DE SE VOIR HIER.
PUMPKIN ET TOI AVEZ ENCORE JOUÉ AUX SAUVAGES.
J'AI FAIT UN SAUT ICI POUR VOIR COMMENT TU ALLAIS.
AVOUE, TU N'AS PAS PRIS DE QUOI TE CHANGER POUR AUJOURD'HUI ?
NON... J'ÉTAIS TELLEMENT OBSÉDÉE PAR CETTE SOIRÉE QUE J'EN AI OUBLIÉ TOUT LE RESTE...
C'EST DOMMAGE QUE JE NE T'AIE PAS RETROUVÉE HIER.
CETTE SOIRÉE ÉTAIT AUSSI L'OCCASION DE TE PRÉSENTER QUELQU'UN.

OHHH...
CETTE DOUCE SENSATION...
... J'AVAIS L'IMPRESSION DE L'AVOIR PERDUE À JAMAIS...
D'UN COUP, J'AI L'IMPRESSION QUE MON SANG SE RÉCHAUFFE...
DES FRISSONS ME PARCOURENT LES BRAS ET M'ENVELOPPENT D'UN MANTEAU PROTECTEUR ET APAISANT.

VOILÀ.
J'ESPÈRE QUE TU NE LE PRENDS PAS MAL.
QUE ÇA NE TE POSE PAS DE PROBLÈME.
ÇA FAIT DES ANNÉES QUE TU N'AVAIS PLUS FAIT ÇA.
J'AI PAS ENTENDU TOUT CE QUE TU ME DISAIS...
QU'EST-CE QUE JE POURRAIS MAL PRENDRE ?
JE TE DISAIS QUE J'AVAIS RENCONTRÉ QUELQU'UN.
ON SE VOIT DEPUIS QUELQUES MOIS MAINTENANT.
JE NE T'EN AI PAS PARLÉ TOUT DE SUITE, JE NE VOULAIS PAS TE PRÉOCCUPER AVEC ÇA.
NE T'EN FAIS PAS, MAMAN.
JE SUIS CONTENTE POUR TOI !
C'EST UNE SUPER-NOUVELLE !
JE SUIS MÊME PLUTÔT SOULAGÉE !

C'EST VRAI ??
JE SUIS RASSURÉE.
BON.
SI TOUT VA BIEN...
... JE VAIS ME DÉPÊCHER DE ME CHANGER ET VITE REPARTIR AU BOULOT, MOI !
C'EST BIZARRE QUE TU T'INQUIÈTES POUR ÇA.
C'EST PAS MOI QUI RISQUE DE MAL LE PRENDRE...
... C'EST PAPA ...
FINALEMENT, EST-CE QUE LE PREMIER PAS VERS L'ADOLESCENCE, ÇA N'EST PAS DE DÉCOUVRIR QUE SES PARENTS AUSSI FONT DES ERREURS...
NOLA...
SI JE PEUX TE DONNER UN CONSEIL DE MÈRE...
... ET C'EST PEUT-ÊTRE LE PREMIER QUE JE TE DONNE...
... SUIS TOUJOURS TON COEUR, JAMAIS TA TÊTE.

SUIVRE MON COEUR. JE VEUX BIEN.
MAIS LE PROBLÈME, C'EST CE QU'ELLE OUBLIE DE DIRE.
QUE PARFOIS ÇA NOUS EMMÈNE LÀ OÙ ON NE DEVRAIT PAS ÊTRE.
DANS DES ENDROITS AUSSI EFFRAYANTS QU'EXCITANTS... ET AUSSI DANGEREUX QU'ATTIRANTS.
ET CE N'EST MÊME PAS LE PLUS DIFFICILE.
LE PLUS DIFFICILE, C'EST QU'UNE FOIS QUE C'EST FAIT...
... ON NE PEUT PLUS REVENIR EN ARRIÈRE.

NON...
... PAS ÇA ENCORE !

BONJOUR.

JE SUIS DÉSOLÉ DE T'AVOIR EMMENÉE DE LA SORTE.
MAIS NOUS NE POUVONS PAS APPARAÎTRE AU GRAND JOUR.
CALME-TOI !
LAISSEZ-MOI TRANQUILLE !
JE...
VOUS NE POUVEZ PAS ME GARDER ICI, JE...
IL FAUT QUE J'AILLE À L'ÉCOLE !
S'IL N'Y A QUE ÇA POUR TE RETENIR ICI...
JE VAIS AVOIR BESOIN D'UN PEU DE NEIGE.

C'EST DE LA NEIGE ?

MAIS ÇA N'EST PAS POSSIBLE ?
DE LA NEIGE AU PRINTEMPS !
DANS NOTRE VILLE !!!
ON AURA TOUT VU !

VOILÀ.
LA VILLE EST PARALYSÉE.
LES ÉCOLES SERONT FERMÉES POUR LA JOURNÉE.
CELA NOUS LAISSE TOUT LE TEMPS DONT NOUS AVONS BESOIN.

C'ÉTAIT VOUS, HIER !
C'EST VOUS QUI AVEZ PRIS L'APPARENCE DE MON PÈRE !
NON.
JE NE SUIS PAS UN PERSONNAGE DE CONTE.

FIN DU TOME 2 MARIOLLE . POP . MINIKIM